現代短歌クラシックス04

世界が海におおわれるまで

佐藤弓生

目次

I

パパの手は煙となって

パパの手は煙となって　ただいちど春の野原で受けた直球

麦の穂の進軍しろく過ぎてのち光りはじめるきみの耳たぶ

亡命は少年のゆめさりながらクルト・ヴァイルの九月のうたは
あたらしい寝巻ひんやりひきだしの森林めいた時間を帯びて
るり色の空の鳴る鳴る神無月とおくを見ている人を見ていた

少女たちきびきび焚火とびこえろ　休符をしんと奏でるように

きよらかなきみに逢いたい中性子降る降る冬の渋谷の街で

狼の貌の青みに触れるとき人は誰でも誰かの息子

かがやくかおがゆくてにみちる冬木立わかれはあわく尾骨を立てて

卓上にバナナぶりぶりひしめいてまひるひみつの闇を飼いおり

満ちてくるほのおのにおい放課後は実験室の春のはじまり

夜の鳥

秋の日のミルクスタンドに空瓶のひかりを立てて父みな帰る

糠星を夜禽の羽がおおうたび森の時間がすこしおくれる

大声で泣いても眠ってしまっても同じ速度で熟れてゆく桃

穹窿の筋肉白くしなやかな秋　少女たちさあ逃げなさい

十月の孟宗竹よそうですか空はそんなに冷えていますか

禿頭のダンサー匙をふと置いて腕の先より語りはじめる

晩秋の深紫のクロイツェル・ソナタむかしの澱浮かびくる

とうめいなかかとのかたち天空も公孫樹の黄《きい》を踏んでみたくて

ゆるやかな球面未来にいるきみへ〈冬ノ航空公園デ待ツ〉

いつまでも薬はにがいみどりめくめがねの玉をみがきにみがく

しずくにもしずくの影があると知る立冬の夜の短い落下

神さまの貌は知らねどオレンジを部屋いっぱいにころがしておく

青空に手足をひたす冬の午後ぼくらの石はわずかに育つ

林檎ひとつころがり落ちて青果店の幌の青さがふいにあふれる

両の手で篝火花の鉢底のつめたさまでも抱えゆくなり

心音をあおくともせり鎌倉の寺に実生のクリスマスローズ

胸かるくかるくして乗る遊覧船冬のひかりに曳かれゆくため

レストランみずうみの面に照り映えてよそ者でいることのたのしさ

公園でひらくオニオンペーパーにかすかな北の空の音をきく

ひかりめくひとくちののちこの夜も水飲み鳥のちいさな死あり

春まだき Quo Vadis と轟音をひびかせて飛ぶ銀の矢印

橙のひとつが空の青に触れやがてたわわに空を照らせり

目ざめればしずまりかえる晴天をきみのかたちにこごる熱量

遊園地行きの電車で運ばれる春のちいさい赤い舌たち

人間語を話さないゆえまなざしに冒されてゆくみどりの子ども

押しこんでぎしぎしかけたかけがねがひかるたとえば春の砂場に

垂直に水をくり抜くしろがねの指輪のはやさ訃報もかくや

てのひらに卵をうけたところからひずみはじめる星の重力

留守電の声すずしくて食パンにほつほつともる青黴の夢

ひとつずつ赤ピーマンを切り分ける夏の盛りの検死の手つき

金蚕のぶんぶんになる昼さがり老師も方言周圏論も

ポロシャツの少年驟雨とともに駆けたちまち斑《ぶち》の猟犬となる

草むらのコインがまるい銀紙に変わる時間のはやさときたら

夕焼けのわけなど問うな今もまだきみは無人の校舎にいるのだ

風鈴を鳴らしつづける風鈴屋世界が海におおわれるまで

縁日のうすももいろの提灯のとぎれるところ　船頭が待つ
このように目ざめるだろう蟬たちの声で泉下の人となっても
鐘のない鐘つき堂でぼくたちが守りつづけた晩夏のとりで

骨を焚く正午　煙はこうばしく夏のなごりの空をなだめる
いくとせののちあけがたにくる人は口にみどりの蟬をふくんで
ここからは白い砂利道もういない人がほほえむ縁側までの

測量が終わりましたと妖精の署名やさしくタケミツ・トオル

世紀末はたしかにくると言いながらきみとつぎつぎくぐる夕照

おびただしい星におびえる子もやがておぼえるだろう目の閉じ方を

夜もよく笑う叔父さんの箸先に今はしずかな塩タンの塩

ゆるやかな腐爛を過ぎて山鳩の羽のかたちにそよぐおもいで

鳥　やがて黒くおおきくかがやいて老星の帆となるはずの鳥

食卓に無窮カノンが止むときも夜は林檎のかたちをめぐる

空洞を籠めてこの世に置いてゆく紅茶の缶のロイヤルブルー

あけがたにさわぐ鳥たちおそらくは黒い鳥たち水の澄むまで

あなたに似た人

蔓草を爪のカーヴに閉じこめて今夏あなたはすきとおり病

大太鼓そうっとそうっと叩きましょうドレスを仕舞うあなたのために

夕焼けの点灯管をとりかえる　きっとあなたはここへもどる

絨毯のもようたっぷり歩く秋とおいあなたの素足になって

夜に雲ほつりと生えて散るまでをかがやくあなたの傷みやすさよ

全身に蝶番軋ませてくるあなたをどうして拒めましょうか

遺された羽のいちまい刃にていよいよ青むあなたの翼

会社の椿事

ねがうことは何か　オフィスにゆうらりとサンセベリアの肉厚の影

椿事なり無言電話に寡黙なる課長いきいき憤りおり

「わたくしのほうで手配をいたします」てきぱきと言うわたくしって誰？

沛然と街をおとなう夕立に華やげ人も人の悪意も

薬局のネオンを映しわたくしを追うわたくしのうすいぬけがら

食卓のランプをまるくともすとき点描の間にまぎれゆく人

きよくなることはなけれどいつまでも水をひとくち飲んで寝る癖

なんという青空シャツも肉体も裏っかえしに乾いてみたい

会議資料に目を通す朝つり革の上にけむれる群れ　曼珠沙華

たいせつな詩を写すごとショートヘアの新入社員メモをとりおり

談笑をかわすホールの遠くより鼓膜を圧してくるものがある

たまさかに水をそそげばほの暗きサボテンの土ふうとふくらみ

親しまれたくなんかない大猫の貌おぼえたり入社五年目

入力を終えれば窓に窓枠のむこうに夕陽ぬれぬれと立つ

いつか捨てたものたちに似て春先のレールにたまる光つめたく

うたうならデスクの隅の海綿のようにまぬけに孔をひらいて

一九九九年早春

終末のうわさは楽し本年度業務計画書をつくりつつ

光が丘公園にて

七月の光やこんこふりしきりうしろすがたのあの子とあの子
うつくしい兄などいない栃の葉の垂れるあたりに兄などいない

蚊柱は戦ぎはじめぬ青空の青の密度がそらおそろしく

犬ばかり光が丘は犬ばかり胸の毛玉に烈しい光

蝙蝠のひとつまっすぐ落ちてくる夕ぐれ脳に罅入るあたり

ライカ——けさひらくまなこ

犬たちの舌みな手紙　夏の朝しずかに酸の湧く泉より

レモンレモン床いっぱいの不発弾ひとつひとつをひろうかの日々

テーブルに滴と蝿と向きあってまた永遠が見つかったの？

夏まひる地上に落ちて熱帯も温帯もありミケ大陸は

背に翼一対濡れて炎天の営業マンはやさしい悪魔

眼球を圧さんばかりに蒼穹がふくらんできて夏はおそろし

草迷宮ならねど風のやむゆうべ近づいているガスタンク五基

ガスタンクこわごわみればみどりなすともだちのこえ　だあ、るま、さん、が、

会えぬものばかり愛した眼球の終のすみかであれアンタレス

曇天に陽のうるむ朝ひらかれる日日草のひとつひとつ目

目のいろをややうすくして小父さんがいま仕舞いこむ来夏のカメラ

荻窪の西

「嘘つき」と電話を切られた春のこと思えば春と　どこまでも春と

洗いすぎてちぢんだ青いカーディガン着たままつめたい星になるの　北川草子

ひとひらの訃報とどいたあしたより野にはかすかに青いたんぽぽ

ここでないどこかに光る湖《うみ》がありタンガニイカ、とちいさく呼べり

宇宙塵うっすらふりつもるけはいレポート用紙の緑の罫に

みずみずと垂れるみどりの黒猫をいだいて甘い夏の空間

夏がみている夢ひとつ　髭先のひかりかすかに重い白猫

かえりみち触れればこれは秋の水ペットボトルにひたひた冷えて

兄さんのやさしい声をもてあますアンビヴァレントな秋のあかるさ

口ぐちに羽毛を噴いて藍の夜を駆けぬけてゆけ冬の孤児たち

真夜中の真夜中ほろと街の上に小鳥の声のこぼれてそして

折句「ミレニアム」

みんなみにレモン・トゥリーはにぎわいて会いたいひとは昔のむこう

あたらしい挨拶をする　木枯しの街に尻尾を立てておまえと

うつくしい挨拶はある　ふりあおぐとき北風のうしろの国に

コーヒーの湯気を狼煙に星びとの西荻窪は荻窪の西

II

十三か月

黒白《こくびゃく》をつけないままに壁のしみ羽ばたきをする秋の回廊

ひるひなか芝生の上にあかあかあかと目鼻をもたず南瓜ひとむれ

肺腑まで霧ふれてくる葦原に黒い小鳥の喉《のみと》の発火

白の椅子プールサイドに残されて真冬すがしい骨となりゆく

村道の靄のまにまにかたむいて杭はかがやく乗物を待つ

亡命のあてなき春かターコイズブルーに塗られ半開のドア

空に魚はなつ日のことハルニレは卵のようなみどりをゆする

差出人ついにわからぬたよりかなオレンジ色に浮くチューリップ

壺に挿すルリタマアザミ五月には床の影みな瑠璃をみごもる

雨あがり丘陵すこしせりあがり翡翠の風を迎えるしたく

星しずか　かんかん照りの庭先の水道管に花の緋の降る

みずうみの舟とその影ひらかれた莢のかたちに晩夏をはこぶ

しろがねのコインかくして草の葉も水も九月はくろぐろとする

月と塩

鉄骨のあわいにありてありあけの月はみ空の塩と思いぬ

野葡萄が喉につまったままのきみだから父にはならなくていい

暴力はかくもかがやく鴉らが散らす公孫樹の青葉若葉に

殺したいこころはとおく甘藍の羽根はりはりと剝がしはじめる

鬼ゆりの花粉こぼれたところからけむりたつ声　カストラートの

ヴァイオリン・ソナタいななく夏草のさかり左右にはずんだ尾あり

形而上好きをゆるされ少年らきらきらきらと散る遊糸《ゴサマー》のごと

月なんかいらないただの加害者でいい……と言い切るための呪いを

「オレは加害者でいい！　ただの加害者でいい」　三原順「Die Energie 5.2 ☆ 11.8」

主の祈りは忘れたけれど聖夜聖夜食卓塩は金いろに染む

美しい地獄と思う億年の季節を崩れつづけて月は

醒めぎわの雪はうっすら塩の味ビスクドールの眸に頬に

珈琲のなかなるメエルシュトレエムまでも雪ふれ街に雪ふれ

空のあの青いしげみに分け入って分け入ってもう火となれ　ひばり

リルケルリ

夏空はただ夏空のままにして心を持たぬものはなつかし

おびただしいレタスの瞼ひらかれてあかるい皿にあなた　目ざめよ

きまじめな企業スパイに下された最終指令〈オレンジを踊れ〉

でたらめな薔薇の園生に風切羽やすめてリルケ、リルケルリ、ルリ

ほろほろと燃える船から人が落ち人が落ちああこれは映画だ

神さまの話はとおい海のようビルのあわいにひらく碧眼

心とはついに必要悪なれど夜明けあなたの髯がうつくし

犀の領域

鈍色の鎧をまとい草原に女神降《お》りたつ　犀と呼ばれる

草原の生きものなれどひとふりの角にて風を分けてゆく犀

青空は犀の領域　一塊の熱量となり千鳥をまねく

（今日がその日かもしれない）文月の虹のなかなる羽虫一匹

結晶のしろさしずけさ白犀は真昼の夢の涙湖につどう

すべらかな毛皮を持たぬ獣ゆえ犀ははだかの祈りとなりて

ひづめより泥と花とをこぼしつつ犀は清濁併せ呑む顔

やや冷えてねむる林をあゆむためふとくみじかくある犀の四肢

「夢というつつがある」と梟の声する　ほるへ　るいす　ぼるへす

地の裏と表をめぐるものがあり夜の太陽・犀のはらから

革装の書物のように犀は来て「人間らしくいなさい」と言う

蜂蜜のねむりをねむるはじめての火の重たさを呼びよせながら

冬の夜の蒙いひたいに蠟燭をひとつともしてわたくしは犀

カーレン・ブリクセンのおしえ

理容師の忘我うつくしさきさきと鋏鳴る音さくら咲く音

ひさかたのひかりの街にむかしよりすこしちぢんだ人をかなしむ

手術済み子猫らがもらわれてゆく朝の野いばらこぼれんばかり

さくらんぼ深紅の雨のように降るアルトの声の叔母のお皿に

根の国を泳ぎゆく人おもうとき舌先の塩にわかに青む

「なぜ」よりも「なぜいけないの」と問いたまえ少女よ船乗り志願であれば

きよらかな歌うたうとき月光はおもい鋏のにおいをまとう

丈たかくたかくある夜をふりむけば塩の柱となるここちする

「あれは火星、あれは木星」過ぎてゆくすがたに名ありあなたに名あり

静かにしろと怒鳴りつづける男いて冬の虚空に何のひしめく

子どもたちみな魔女になれ三月の豆腐屋さんのおとうふうふふ

やわらかいあわせめを閉じ少女たち弾より速く生きのびなさい

帽子がみっつ

目を持たぬままに釘たち泳ぎだす畳に春のひかりはあふれ

おしいれに小さな人がいるときは少しよぶんに鼻歌うたう

ふかぶかと下げたまつげのマスカラのしずくの中のまっさおな鳥

「死後なんかないのよだからねんねして」夜会に向かう母うつくしく

原潜のように巨峰は皿にあり終夜漏れくる不可視のひかり

いちめんのポインセチアの街角にひとり目ざめているおばあさん

しらじらと照らしあうもの室内の太陽ひとつ心臓ひとつ

チェーホフ「六号室」を今はない茶房にて

狂いゆく医師のお話読みおえて帽子かけには帽子がみっつ

生きもの図鑑

街道を流れつづける水冥く沢蟹ひとつ春のらんたん

みっしりと寄りあう海の生きものがみんなちがってうれしい図鑑

礼服はぶかぶかなれど春うららうさぎ王子は耳が重たい

黒犬の黒目やさしく揺れはじむ桜ん坊の実れる園に

ちび蛇の尾の巻きはじめ　月からの風の熱さにすこしねむれば

椎骨のひとつひとつを光らせて真夜は巨きい古い生きもの

はつなつのとむらい果ててねむる子の喉のくぼみに蝶ほどけゆく

ひらひらと紙の羽毛をちらかして少年たちがいなくなる部屋

バビロン

米をとぐ水の流れのぬるむころ知らない土地を思う、バビロン
水おとのかなたかなたの腐敗かな見ればまわっている扇風機

背にひかりはじくおごりのうつくしく水から上がりつづけよ青年

海へゆく日を待ちわびた少女期を思えば海はいまでもとおい

絵空事だけが恋しい　かんむりを切りぬきましょう金紙銀紙

死後を愛されるわたしはこの夜も青い電気に乳をあたえる
こうこうと回送電車ながれゆくゆうべ宇宙のうつろを抱いて
ロケットのかがやくあしたあのひとはひとりで泣いて忘れるのだろう

とろとろと空の底なるヘリコプター春の目ざめのいたみを告げて

工具箱抱いて廊下を渡るとき釘の声する星の声する

鍵盤をきらきら男おりてきてダンス・マカーブル、ダンス・マカーブル

遠くなりまた近くなり風の足疾し　花嫁にわたしはなれぬ

「山べにむかいてわれ目をあぐ」起重機に夜の祈りありしや　杉﨑恒夫

日報の小窓の朱印かがやける山べにむかいて目をあげしひと

オルガンがしずかにしずかに息を吐くようにこの夜を暮れてゆきたい

あかりや

蟬たちを拾ってあるく、そのような九月生まれのぼくの天職

子どもには子どものための傘がある　ときに巨きなてのひらに似て

ドロップスちいさな舌に溶けるまで呼びあう線路のあちらとこちら

「あかりや」の看板あり、ある夜ふけあかりを提げて去る子どもあり

「あかりや」の看板あり、あかりひとつ残してねむる女あるじあり

箱舟はひとりのりとてチョコレット・ボンボンたんと積んで行きやれ

みそっかすメアリ・アグネスはつゆきがきみのつまさきに触れているよ

雲の家のうえにも雲の家がある老院長の回診のはて

触れてくる鞠

とっときの桃むいてさてわたくしはシバの女王できみはソロモン

ティー・リーフあかあかひらききるために底まで白くあるべしポット

壁ぎわに影は澄みゆく芽キャベツがこころころと煮えるゆうべを

花と降る音楽が欲し〈行き止まり〉標示を埋めて降る音楽が

暑い暑い暑い正午の浄智寺を猫のかたちに縞はあゆめり

暑い暑い暑い正午の浄智寺に他者はやさしい生者でした

牛乳瓶二本ならんでとうめいに牛乳瓶の神さまを待つ

往くものを愛するように造られて台風一過きぬのさやさや

いぬいぬと尾を振るものに連れられて老夫は小春日和となりぬ

昼ふかく浄土に雨の降るを待つ金糸卵を切りそろえつつ

会計を待つ午後六時くるぶしに音をたてずに触れてくる鞠

セプテンバー・ソング

八月は水のように瓜のようにかすかになまぐさくなつかしく

「風薫る」といえば五月だが、実際に匂いが嗅ぎ分けやすくなると感じるのは夏の終わりではないだろうか。桃売りの車が駅前にやってくるころ、暑さでぼんやりした鼻は感覚をやや取り戻す。桃といえば、大島弓子の漫画『ほうせんか・ぱん』の中に「モモは／ひんやり／にがっぽかった」というフレーズがあった。「にがっぽかった」という表現が登場人物の心象を反映して、今も印象深い。友人との別れを経て、主人公は九月の新学期を迎える。「新学期」は春の季語とされているけれど、私には、秋が一年の始まりのように思われてならない。夏にはたくさんの別れがあるからだ——人間だけではなく、たとえば植物の世界でも、昆虫の世界でも。

九月には残り香ばかりにがくなり九月になれば彼女は九月に

＊

雨の夜あるじが去った玄関で秋の果実が熟しはじめる

九月も後半になると金木犀の花が咲く。樹木そのものは一軒家の塀の陰にさりげなく植えられていたりするので、たいてい花を見るより早く、匂いで気づくことになる。あの甘ったるい香りを嗅ぐと、スタンダード・ナンバーの「セプテンバー・ソング」を思い出す。一九二〇年代、ベルリンで表現主義に接し、ベルトルト・ブレヒトと組んで『三文オペラ』『七つの大罪』などの反逆的・先進的な音楽を書いたユダヤ人クルト・ヴァイルは、やがてブレヒトとの訣別を経てパリへ亡命、さらに新大陸へと渡り、現在のブロードウェイ・ミュージカルの基礎を築くことになる。年代を追って彼の作品を聴くと、パリ時代の作品はシャンソン風に、ラングストン・ヒューズの詩につけた曲はブルース風に、と器用に作風を変えているように感じられる。「セプテンバー・ソング」はヴァイルにブロードウェイでの初成功をもたらしたミュージカル中のナンバーで、後に映画音楽としてもリヴァイヴァルした。その陰影を帯びた甘いイントロダクションを反芻するたびに、第一線で生きぬくための器用さを身につけざるをえなかった作曲家のことを思って少し悲しくなる。

木犀の香もいにしえの旋律もわすれたのちの透明の壜

あとがき

本書は二〇〇一年、沖積舎からの刊行時には井辻朱美さんの真摯な解説、イタガキノブオさんの洒脱な装画をいただきました。このたびの復刊では、加藤賢策さんによる斬新なデザインを多くの方が楽しんでくださることを願っています。

歌集タイトルは、初版時の十年後以降なら違うものにしたかもしれませんが、当時は短歌に親しみはじめて間もないころで、横山未来子さんの歌集『樹下のひとりの眠りのために』のように歌の後半をそのまま書名とすることにあこがれて、こうしたのだと記憶しています。

東京タワーが遠くに見えるいまのマンションに移り住んで数年経ったある日、ベランダの下すれすれまで翡翠色の水が満ちている夢を見たあと、なにか漲った精神状態がおとずれました。そんな

「海」が、心の遠景としてときおり、よみがえります。
　詩論などで何度か、「世界」「永遠」といった漠然と大きい概念語を使うのはよくないというセオリーを見かけて、もちろん具体も細部もだいじだけれどそうやって排除されそうな抽象性をあえて残したい、という天邪鬼な動機もあったかもしれません。

　これまでの短歌生活でお世話になった方は数かぎりなく、ここでは本書に関して、収載の一首が高校の国語教科書に載るきっかけをつくってくださった千葉聡さん、ＳＮＳでときどき取りあげてくださる「いやしの本棚」さん（の tweet で本書の存在を意識してくださった方も多いのでは）、そして書肆侃侃房代表の田島安江さんのお名前を挙げさせていただきます。
　みなさま、そして本書をごらんくださいました方、ありがとうございます。

二〇二〇年九月

佐藤弓生

本書は『世界が海におおわれるまで』（二〇〇一年、沖積舎刊）を新装版として刊行するものです。

著者略歴

佐藤弓生（さとう・ゆみお）

一九六四年、石川県生まれ。

二〇〇一年、第四十七回角川短歌賞受賞。

著書に歌集『眼鏡屋は夕ぐれのため』『薄い街』『モーヴ色のあめふる』、詩集『新集 月的現象』『アクリリックサマー』、掌編集『うたう百物語』、共編著『短歌タイムカプセル』などがある。

歌人集団「かばん」会員。

現代短歌クラシックス04

歌集 世界が海におおわれるまで

二〇二〇年十二月十日　第一刷発行
二〇二三年七月三日　第二刷発行

著　者——佐藤弓生
発行者——池田雪
発行所——株式会社 書肆侃侃房（しょしかんかんぼう）
〒810-0041
福岡市中央区大名2-8-18-501
TEL 092-735-2802
FAX 092-735-2792
http://www.kankanbou.com　info@kankanbou.com

ブックデザイン——加藤賢策（LABORATORIES）
編　集——田島安江
DTP——黒木留実
印刷・製本——亜細亜印刷株式会社

ISBN978-4-86385-430-7 C0092